W0312677

Bibliografische Information der Deutschen Nationalbibliothek:
Die Deutsche Nationalbibliothek verzeichnet diese Publikation
in der Deutschen Nationalbibliografie.
Detaillierte bibliografische Daten sind im Internet
auf www.dnb.d-nb.de abrufbar.

MIX
Papier aus verantwortungsvollen Quellen
FSC® C111262

1 3 5 4 2

© 2020 Hummelburg Verlag
Imprint der Ravensburger Verlag GmbH
Cover- und Innenillustration: Annette Swoboda
Covertypografie: Behrend & Buchholz Grafik-Design GbR, Hamburg

Alle Rechte dieser Ausgabe vorbehalten durch
Hummelburg Verlag
Imprint der Ravensburger Verlag GmbH,
Postfach 2460, 88194 Ravensburg

Printed in Germany
ISBN 978-3-7478-0023-2

www.hummelburg.de

Andrea Schomburg

Winkel, Wankel, Weihnachtswichte!

Mit Bildern von Annette Swoboda

HUMMEL
BURG

30
Nov.

Alles, alles bleibt geheim!

Unter einer dichten Fichte
schlafen sieben Weihnachtswichte.
Schnarchen dort aus voller Kehle,
eingekuschelt in der Höhle.
Und der kleinste Weihnachtswicht
ist so klein, den sieht man nicht.
Jedenfalls nicht ohne Brille.
Schlafen also in der Stille,
aber das, was sie so machen,
wenn sie endlich dann erwachen,
das ist so geheimnisvoll,
so unglaublich und so toll,
dass kein Mensch, ob Kind, ob Greis,
irgendetwas davon weiß.

Und nur du kriegst es erzählt,
nämlich du bist auserwählt –
einziges von allen Kindern,
Deutschen, Russen, Schweizern, Indern …
Du darfst die Geschichte hören.
Aber vorher musst du schwören,
dass du sie für dich behältst
und auf keinen Fall erzählst.
Nämlich sonst, das ist erwiesen,
müssen alle Wichte niesen,
und sie fliegen, so ein Dreck,
durch das eig'ne Niesen weg.
Sind zerstreut in alle Welt,
stinkesauer und zerdellt.

Und sie können nie mehr – nein –
wilde Weihnachtswichte sein.

Und das wär' katastrophal!
Denn, ich sag dir das jetzt mal,
ohne jeden Weihnachtswicht
gäb's die ganze Weihnacht nicht!

Darum: Alle die Geschichten
von den wilden Weihnachtswichten,
topgeheim, nicht zu beschreiben,
müssen ein Geheimnis bleiben!
Da muss ich schon sicher sein.

Also schwör jetzt: „Stein und Bein!
Knitterzappel, Hexenfurz,
Wieselwicht und Knispelwurz,
Schloddermodder, Schneckenschleim,
alles, alles bleibt geheim!"
Hast du? Ehrlich? Also dann –
die Geschichte fängt jetzt an!

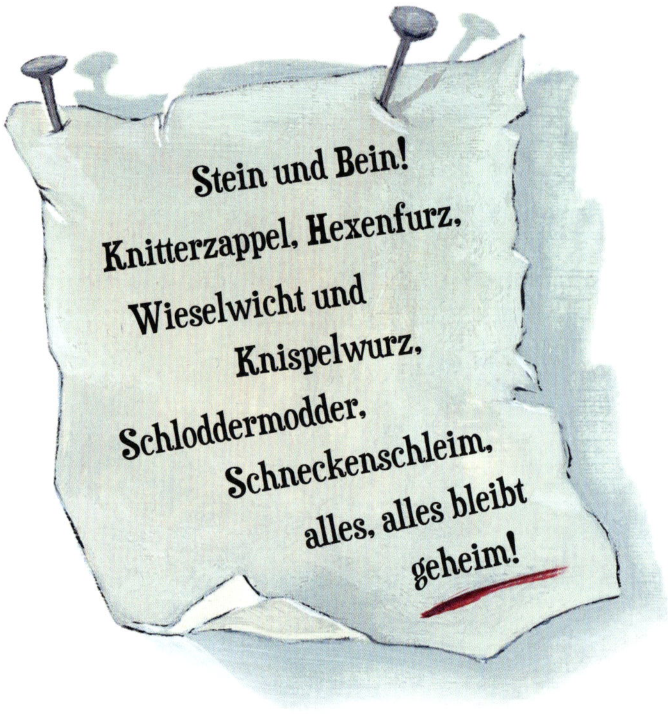

Los geht's!

Schau! Die wilden Weihnachtswichte
in der Höhle bei der Fichte
recken sich und wachen auf
mit Gestöhne und Geschnauf.
Baden in der Felsenquelle,
allerdings nur auf die Schnelle,
trinken Brombeerblättertee,
streicheln kurz noch mal das Reh.

Heute ist ja nicht viel Zeit,
heute nämlich ist's so weit,
heute müssen sie schon bald
los, zack, in den Tausendwald.

Ganz zuerst geht Chef-Wicht Will,
voller Vorsicht, leis' und still.

Dann, klatschnass, kommt Waldemar,
der im Regenwalde war
und um den es, wenn er zittert,
oft mal regnet und gewittert.

Dann kommt Wutz, der Sängerwicht.
Doch der singt jetzt grade nicht,
weil er, als der Weg beginnt,
grad ein neues Lied ersinnt.
Und sein Lied kann weinen, lachen,
schläfrig oder munter machen.

Dann kommt Wunni Winkelwank,
der ist immer etwas krank.
Schlurft und schlufft mit viel Gezeter,
schleppt ein Fieberthermometer.

Schließlich kommen, Hand in Hand,
Wutsch und Wackel angerannt.
Und danach der kleinste Wicht,
na, den siehst du ja wohl nicht.

Was, du siehst ihn doch? Wie schön!
Dann kannst du ja super sehn!
Das ist gut. Der wird noch richtig
mega-super-wichtelwichtig.
Wichtiger als jeder Prinz.
Er heißt Valentino Winz.

Und so ziehn sie also los.
Mann, wie ist der Wald so groß!
Tausendwald! Seit tausend Jahren
voll von Tausenden Gefahren.

Doch sie müssen, das ist klar,
in den Wald, wie jedes Jahr,
und – jetzt kommt das Obertolle,
ganz Geheim-Geheimnisvolle –
in den tiefen Tausendgründen
dann den Weihnachtsschalter finden.
Diesen Schalter gibt's nur dort,
sonst an keinem andern Ort.
Und den müssen sie schnell drehn,
denn er muss auf „Weihnacht" stehn.
Dann, nur dann kann es auf Erden
wieder einmal Weihnacht werden.

Wenn die Wichte ihn nicht drehn,
bleibt die Zeit ganz einfach stehn
wie in einem schlimmen Traum.
Es gibt keinen Weihnachtsbaum,
keine Päckchen und Geschenke –
einfach nichts und nichts, bedenke!
Noch nicht einmal Weihnachtsessen –
alles kann man dann vergessen.
Klar, bisher mit Mut und Kraft
haben sie es stets geschafft.
Doch in diesem Jahr, das spür ich,
wird es ganz besonders schwierig
mit der Schaltersucherei.
Na, zum Glück bist du dabei!
Sie sind klein, und du bist groß.
Hilfst du ihnen? Ja? Dann los!

Heut' ist ja noch nichts passiert.
Heute ging es wie geschmiert.
Aber morgen kommt ein neuer
Tag – und neue Abenteuer!

Über die Hängebrücke

Nach der Nacht in Laub und Moos
müssen sie dann morgens los.

Chefwicht Will liest vor dem Starten
schnell noch seine Wanderkarten.

Wackel ruft: „Du musst auch sehn,
wie die Sterne heute stehn!
Ich bin ja vor vielen Jahren
schließlich mal zur See gefahren!
Und ich sag, es ist am besten,
wir gehn geradeaus nach Westen!
Denn ein Seemann, klar und kühl,
der hat so was im Gefühl!"

„Nix!", sagt Will. „Wir gehn nach Norden!"
Wackel brummt: „Den könnt' ich morden!
Immer weiß er alles besser!"
Wutsch vermisst sein Taschenmesser,
Wutz entwirft ein neues Lied,
Wunni stöhnt, dass es ihm zieht.

Um den Waldemar fällt Regen,
und nur Winz will sich bewegen
und singt: „Heißa-hopsasa,
sicher sind wir gleich schon da."

Dichte weiße Nebel wallen,
kleine Regentropfen fallen.

Trotzdem, vorwärts durch den Wald!
Doch dann rufen alle „Halt!“.
Denn es geht quer übern Weg,
eine Schlucht, ganz ohne Steg.
Keine Brücke ist zu sehn.
Wie solln sie jetzt weitergehn?

„Tja“, sagt Will, „wir müssen, Leute,
ja nun auf die andere Seite.
Und der Brückenwärter Gunter
lässt von dort die Brücke runter.
Er ist leider etwas taub,
schläft auch meist in Moos und Laub,
sodass er nur dann gut hört,
wenn man ganz laut brüllt und röhrt.
Deshalb ruft jetzt: Lieber Gunter,
bitte lass die Brücke runter!“

„Ich“, sagt Wunni, „ruf nicht mit,
denn ich fühl mich nicht ganz fit.
Bin ganz heiser, kann nicht sprechen,
und hab hier im Hals so ’n Stechen.“

Laut ruft jeder andre Wicht,
doch die Brücke rührt sich nicht.
Klar! Es müssen die, die schrein,
nämlich immer sieben sein.
Niemals sechs und niemals acht.
Sieben nur, bei Tag und Nacht.

Rufst du bitte gleich mal mit?
Bitte! Das wär echt der Hit.
So, jetzt gleich! „Hey, lieber Gunter!
Lass die Hängebrücke runter!“

Danke! Gunter hat's gehört!
„Dass man mich auch immer stört!"
Schon drückte er den Brückenhebel,
und es senkt sich sanft im Nebel
eine schmale Hängebrücke,
leider nicht ganz ohne Lücke.

„Die besteht ja nur aus Brettern!",
hört man Wackel wütend wettern.
„Was, da solln wir rübergehn?
Das ist aber gar nicht schön!"

„Ich", greint Wunni Winkelwank,
„ich werd' schon vom Hinsehn krank!"
Und auch Wutz macht ein Geschrei:
„Ich bin doch nicht schwindelfrei!
Da ist ja nur Loch an Loch!"
Aber schließlich gehn sie doch.

Mann, ist diese Brücke schmal!
Drübergehn ist eine Qual!
Und die Bretter sind so schief,
und die Schlucht, die ist so tief!
Und die Brücke wackelt, schwankt,
und sie federt, und sie wankt,
aber, ach, sie müssen rüber!
Wunni kriecht sogar nur drüber!
Endlich! Jetzt sind alle sieben
mit viel Zittern endlich drüben.
Sagen Gunter Danke schön,
und dann kann es weitergehn.

Doch schon morgen kommt eine neuer
Tag – und neue Abenteuer.

Hexe Knotterbeck

Nach der Nacht in Laub und Moos
stapfen sie am Morgen los.

Will sagt: „Macht euch auf die Strümpfe!
Heut' geht's durch die Hexensümpfe."

„Was?", schreit Wackel, „keinen Schritt
geh ich durch die Sümpfe mit!
Nee, da kann man ja versinken
und, o Wichtelgraus, ertrinken!"

„Ruhe da", ruft Chefwicht Will,
„sei jetzt endlich einmal still!
Schließlich hab' ich ja, jetzt warte,
meine gute Wanderkarte.
Jeden Pfad kann ich hier sehn –
gar nichts wird uns dort geschehn!"

Aber hier irrt Chefwicht Will.
Denn schon naht sich mit Gebrüll
und mit Regenschirm, o Schreck,
Frau Trutschgunde Knotterbeck.
Knotterbeck, die Wetterhexe,
auf der zahmen Kragenechse.

„Halt!", schreit sie. „Was macht ihr hier?
Das ist ja wohl mein Revier!
Wichte seid ihr, Hexenbrand?!
Das ist ja mal interessant!

Hokus-Pokus-Hexenpest,
euch hex' ich jetzt erst mal fest.
Und dann nehm ich euch, rapp zapp,
alle Wichtehüte ab.
Denn mein armes Echsentrinchen,
hier mein liebes Balsaminchen,
das hat Kragen-Echs-Skorbut,
und da hilft nur Wichtehut.
Fein gemahlen. Extrafein.
Tut mir leid, das muss jetzt sein."

Ach, du großer Weihnachtswicht!
Unsere Hüte! Bitte nicht!

Da sagt Will: „Der Wichtehut
ist für Echsen gar nicht gut!
Schon der weise Vertigo
äußerte sich etwa so:
‚Was den Wichtehut betrifft,
dieser ist für Echsen Gift.'
Was ihr fehlt, der Balsamine,
das sind einfach Vitamine."

Frau Trutschgunde Knotterbeck
trifft der heiße Hexenschreck.
Ihre Hexenstimme zittert.
„Und ich hätt's ihr fast gefüttert!
Erst mal hex ich euch jetzt los.
Aber dann, was mach ich bloß?
Ach, ich arme Hexentrine,
Was wird jetzt aus Balsamine?

Denn für Vita-Dingens – huch! –
Kenn' ich keinen Zauberspruch!"

„Ach", sagt Wunni Winkelwank,
„ich bin selber ständig krank.
Ich hab' tausend Stück dabei.
Bitte sehr, ich bin so frei!"
Und er reicht der Wetterhexe
für die kranke Kragenechse
seine Vitamintabletten.
„So", sagte er, „ich möchte wetten:
immer in der Morgenstille
eine kleine rosa Pille.
Und schon bald geht's wieder rund,
und die Echse ist gesund."

Frau Trutschgunde Knotterbeck
ist vor lauter Glück ganz weg.
Sie sagt Wunni Winkelwank
und den anderen tausend Dank!
„Und – beim Kragenechsenkragen –
ihr dürft Trutschi zu mir sagen.
Und falls ihr mal etwas braucht,
ruft mich nur!" Die Echse faucht,
und Trutschgunde hext vom Fleck
sich mit Hokuspokus weg.

Winkel-wankel-Wichtelhut,
uff, das ging ja noch mal gut!
Doch sie müssen ja noch weit,
und sie haben keine Zeit.

Denn schon morgen kommt ein neuer
Tag – und neue Abenteuer.

Der trockene Teich

Nach der Nacht in Laub und Moos
gehn sie morgens wieder los.

Durch die Sümpfe führen Pfade,
manchmal krumm und manchmal gerade.
Ganz da vorne blinkt ein Teich,
und das ist das Wasserreich.
Frösche machen, grün und dick,
auf den Blättern Froschmusik.
Zwischen bunten Wasserpflanzen
sieht man Wasserfrauen tanzen,
und nur Wasserfrau Kathrein
tanzt nicht mit: Sie brach ein Bein.
Dort im Schilf, wo Unken hocken,
tanzt ein Herr in grauen Socken.
„Das muss Quellmut Lehman sein“,
sagt der Will. „Nur der allein
tanzt in seinen grauen Socken,
um das Wasser anzulocken.
Dabei darf er bloß nicht hudeln,
denn sonst kann es nicht mehr sprudeln.“

Aber plötzlich macht es blubb!
Und das ganze Wasser – schwupp –
ist verschwunden und ist weg.
Trocken ist der Teich, so ’n Schreck!

„Ach“, ruft Quellmut mit Gewimmer,
„ganz so tanze ich doch immer!
Das muss an der Quelle liegen!
Doch – wie kann denn die versiegen?
Nur wenn jemand traurig ist
und sein Leben schaurig ist
und der an der Quelle liegt,
kann es ein, dass sie versiegt.
Jemand muss zur Quelle gehn,
um dort einmal nachzusehn.
Doch sie ist ja tief im Berge!
Dorthin schaffen es nur Zwerge!
Denn der Eingang ist so klein.
Von uns passt da keiner rein.“

„Dann gehn eben wir“, seufzt Wackel.
„Los! Hat jemand eine Fackel?“
Und im schwachen Fackelschein
gehn sie in den Berg hinein.

Schon nach sieben Wichtemeilen
hören sie ein schrilles Heulen,
und tatsächlich! An der Quelle,
ganz genau an dieser Stelle,
liegt ein großer grauer Wolf.
„Tag“, sagt der, „ich bin der Rolf.“

„Hilfe!“, flüstert Wutz, „so ’n Mist!
Wenn der uns jetzt alle frisst?!“

Doch der Rolf ruft mit Gekreisch:
„Ach! Ich ess’ doch gar kein Fleisch!
Ich will es nur ruhig und friedlich,
vegetarisch und gemütlich!

Doch die doofen andern Wölfe
in der Höhle, alle zwölfe,
wollen nichts mehr von mir wissen,
haben mich glatt rausgeschmissen!
Aber jedes andre Tier
hat natürlich Angst vor mir.

Und so pass ich nirgends rein,
immer bin ich ganz allein.
Hab mich hier zurückgezogen,
und hier werd' ich, ungelogen,
dann wohl sterben, mit der Zeit."

„Hm, und deine Traurigkeit
hat die Quelle dann verstopft.
Klar, dass die jetzt bloß noch tropft",
sagt der Will. „Doch ich seh' gleich:
Du passt super an den Teich!
Bei den Wasserwesen droben,
da bist du gut aufgehoben.
Liegst gemütlich in den Binsen,
isst Salat aus Wasserlinsen.
Kannst die Froschmusik begleiten,
und Kathrein kann auf dir reiten."

Und der Wolf hört auf zu weinen,
tanzt auf seinen Hinterbeinen.
Strahlt und lacht und heult vor Glück,
und im selben Augenblick
fängt die Quelle, sieh mal an,
hell und klar zu sprudeln an.
Und ist gar nicht mehr versiegt.
Wichte, super hingekriegt!

Doch schon morgen kommt ein neuer
Tag – und neue Abenteuer!

Der Tag vor Nikolaus

Nach der Nacht in Laub und Moos
gehn sie morgens wieder los.

„So“, sagt Chefwicht Will, „am besten
gehn wir erst mal Richtung Westen,
und am Haus vom Niko-Dings
müssen wir dann ganz scharf links.“

Und sie stapfen durch den Schnee,
winken schnell mal einem Reh,
doch dann sehn sie, leicht beklommen,
jemand auf dem Wege kommen.
Weißes Hemd und schicker Frack,
auf dem Rücken einen Sack,
und er lüftet den Zylinder:
„Guten Tag, ihr guten Kinder!
Stellt heut’ Nacht die Stiefel raus,
denn ich bin der Nikolaus!
Wart ihr denn auch brav und lieb?“
Was ist das denn für ein Typ?
„Uns“, sagt Will, „trickst der nicht aus.
Das ist nie der Nikolaus!
Denn der kommt doch nicht im Frack!
Richtig sind bloß Bart und Sack.
Winkel-Wankel-Wichteohr!
Nein, das kommt mir komisch vor.“

„Ja, da hast du ausnahmsweise
recht, Will“, flüstert Wackel leise.
„Das ist sicher ein Verbrecher,
Dieb, Betrüger, Messerstecher!
Solche kenne ich seit Jahren!
Als ich noch zur See gefahren …“

Doch der Mann hat es gehört,
und er sagt, total verstört:
„Dieses Jahr geht, schluchz und schnief,
aber wirklich alles schief!
Gar nichts konnt’ ich vorbereiten!
Stellt euch vor! Die Süßigkeiten
wurden erst um zwei heut’ Nacht
von dem Botendienst gebracht!
Ich wär’ beinah ausgeflippt!
Bin vor Stress verschnupft, vergrippt!
Nichts als Ärger, Kummer, Sorgen!
Und so hab’ ich heute Morgen,
weil wohl gerade gar nichts klappt,
aus Versehn den Frack geschnappt.
Und dann merke ich auch noch,
hier im Sack ein Riesenloch!
Da fällt jetzt doch alles raus!
Ach, ich armer Nikolaus!“

Alle Wichte stehn ganz still.
Aber dann sagt Chefwicht Will:
„Bis zu deinem Haus, zum Glück,
ist es ja kein langes Stück.
Wutz und Wackel, rennt zum Haus
und holt dort den Mantel raus!

Auch die Mütze nicht vergessen!
Und wir flicken unterdessen
mit dem Wichtestich dann noch
einmal kurz dies blöde Loch."

Und sie sitzen und sie flicken,
und sie stopfen und sie sticken,
Wunni gibt dem Nikolaus
eine Runde Pillen aus.

Kocht ihm heißen Hustentee,
und dann kommen durch den Schnee,
dass es um sie nur so spritzt,
Wutz und Wackel angeflitzt
mit dem Mantel und der Mütze.
„Boah!“, stöhnt Wackel. „Wie ich schwitze!
Ganz schön weit, der Weg zum Haus!“

„Danke!“, strahlt der Nikolaus.
Und, vor lauter Glück ganz stumm,
zieht er sich dann eilig um.
Den Zylinder und den Frack,
stopft er noch in seinen Sack,
der jetzt gut und prima hält
und aus dem jetzt nichts mehr fällt.
Buckelt schließlich voll Entzücken
sich den Sack auf seinen Rücken.
Ja, jetzt sieht er wieder aus
wie der echte Nikolaus!

Und dann können sie, wie schön,
auf dem Wege weitergehn.
Denn sie müssen ja noch weit,
und sie haben nicht viel Zeit.

Und schon morgen kommt ein neuer
Tag – und neue Abenteuer.

Die Nikolausfeier

Nach der Nacht in Laub und Moos
gehn sie erst mal gar nicht los.

Denn sie sehen, boah, wie toll,
sieben Teller, bunt und voll:
sieben Äpfel, sieben Mandeln,
sieben rosa Zuckerkandeln,
sieben runde Pfeffernüsse,
sieben dunkle Schokoküsse,
sieben weiße Zuckermäuse,
sieben Schoko-Nikoläuse,
sieben Päckchen Weihnachtstee.
Und daneben in den Schnee
hat der Nikolaus geschrieben:
„Vielen Dank, ihr lieben Sieben!"

Boah, das wird ja eine Sause!
Heute machen sie mal Pause.
Heute gehn sie nicht mehr weit,
heute nehmen sie sich Zeit.
Zeit zum Wichteliedersingen,
Zeit zum Wichtemützenschwingen,
Zeit, zum Lachen, Trinken, Essen,
Zeit, die Zeit mal zu vergessen.
Heute ruhen sie sich aus,
und sie feiern Nikolaus.

Und dann kommen auch schon bald
Gäste aus dem wilden Wald:
Ronja Reh und Heino Hase
mit der roten Mümmelnase,
Drako Dachs aus seinem Bau,
Hilmar Hirsch und Wildschwein Schlau,
Edda Eichhorn mit Familie,
und die Fledermaus Cäcilie.
Selbst das Zwergkaninchen Klaus
traut sich aus dem Wald heraus.
Alle schmausen, lachen, reden,
und das Essen reicht für jeden.

Nur das Einhorn Gundula,
das ist heute gar nicht da.
Wo das sein kann, weiß der Geier –
sonst ist's doch bei jeder Feier!
Dann jedoch, hurra, hurra,
Gundula! Da ist sie ja!

„Aber", sagt die Fledermaus,
„Gundula sieht anders aus.
Gundula, o großer Schreck!
Gundula, dein Horn ist weg!"

Gundula senkt ihre Ohren:
„Ach, das Horn hab ich verloren!
Mann, wie habe ich geflucht!
Hab' schon überall gesucht!
Hätt' mich fast nicht hergetraut,
furchtbar seh' ich aus, da, schaut!

Weil ein Einhorn, so ein Mist,
ohne Horn kein Einhorn ist,
sondern bloß ein Ohnehorn."

„Nein, beim Schrot- und Weizenkorn",
ruft das Zwergkaninchen Klaus,
„kommt, wir schwärmen alle aus!
Denn, beim schnellen Hasenbein,
irgendwo muss es ja sein!"

Alle Tiere, alle Wichte
schauen unter jede Fichte,
jeden Busch und jeden Stein
und in jede Höhle rein.

Schließlich ruft das Wildschwein Schlau:
„Es ist hier, im Rotfuchsbau!
Winz, der Wicht, hat es entdeckt,
und der Rotfuchs hat's versteckt!
Wollte sich, es ist zum Lachen,
grad ein Trinkgefäß draus machen
für das leckre Hühnerblut,
dieser alte Tunichtgut!
Den pack' ich jetzt am Schlafittchen
und bring' ihn ins Rotfuchskittchen!"

Und nun gibt der Winz, ein Glück,
Gundula ihr Horn zurück.
Und der Wunni klebt es dann
ihr mit Pflaster wieder an,
denn das hat er, wo's auch sei,
ja zur Sicherheit dabei.
Endlich ist das Fest komplett.
Spät erst gehen sie zu Bett.

Und schon morgen kommt eine neuer
Tag – und neue Abenteuer.

Das Graue Tal

Nach der Nacht in Laub und Moos
gehn sie morgens wieder los.

Heute führt der Weg nun mal
leider durch das Graue Tal.

„Uuuuh“, stöhnt Wunni, „muss das sein?“
„Mastbruch und Piratenbein!“,
schreit der Wackel, „nein, ich bin
nicht dafür! Will da nicht hin!“
„Sag doch, Will“, fragt Wutz ganz bang,
„müssen wir da wirklich lang?“
Doch, das weiß ein jeder Wicht,
einen anderen Weg gibt’s nicht.
Und so gehn sie, gar nicht froh.
Mit dem Tal, da ist es so:

Dort, dort leben ja die Grauen,
die stets ganz verdrießlich schauen,
immer schlechte Laune haben,
düster krächzen wie die Raben.
Sitzen da im grauen Kleide
unter ihrer Trauerweide,
träumen schlecht die ganze Nacht.

Aber wenn der Tag erwacht,
greifen sie sich mit Gewinsel
ihre grauen Malerpinsel.
Damit streichen sie sodann
alles grau und grauer an:

Berg und Hügel, Wald und Laub,
Rasen, Blumen, Luft und Staub
und sogar sich selber, schau!
Alles grau in grau in grau.

Und dann gibt es außerdem
noch das folgende Problem:
Wer durchs Tal geht, der wird traurig,
und er fühlt sich einfach schaurig.
Und er denkt, er kann nicht mehr,
und die Füße werden schwer.
Schwer so wie aus Wackersteinen,
und dann fängt er an zu weinen,
und er löst sich mit Geschnauf
ganz in seinen Tränen auf.

Aber Will, der kennt zum Glück
einen und den einz'gen Trick:
Wenn man ganz umhüllt vom Grau ist,
muss man einfach, wenn man schlau ist,
um das Graue abzulenken,
schnell an etwas Schönes denken!

Und die Wichte, alle sieben,
denken kräftig, was sie lieben:
Wutz, der denkt an Melodien,
Wunni denkt an Medizin,
Waldemar an Blitzgewitter,
Winz, der sieht sich stolz als Ritter,
der noch jede Schlacht gewann,
Wackel, der ist Steuermann,
Will, der sieht sich froh und still
als Professor Doktor Will.

So weit klappt ja alles fein,
nur dem Wutsch, dem fällt nichts ein.
Und so wird er deshalb, schau,
immer blasser und dann grau,
immer schwächer, will mir scheinen,
und gleich fängt er an zu weinen!

Hilf ihm! Schnell! Denk an was Tolles,
Supercooles, Freudevolles!
Schnell, denk nach, was kann das sein?
Dir fällt doch bestimmt was ein!
Denk was Schönes, dass es kracht!

**Denk was Schönes,
dass es kracht!**

Hey! Das hast du gut gemacht!
Denn schon ist das graue Tal
kribbelbunt, jetzt sieh nur mal!
Alle Bäume sind jetzt grün,
alle Blumen sieht man blühn,
und der Himmel ist ganz blau,
nichts und niemand ist mehr grau!
Ach, ist das nicht eine Pracht?
Ja, das hast du gut gemacht!
Und die Wichte, das ist klar,
sagen: „Das ging wunderbar!
So gut ging es ja noch nie!“

Weil du da warst, hihihi!
Das ist gut, dass du dabei bist
und so froh und stark wie drei bist!

Denn schon morgen kommt ein neuer
Tag – und neue Abenteuer!

Im Hexenhaus

Nach der Nacht in Laub und Moos
ziehn sie morgens wieder los.

Es geht immer geradeaus
bis zum Pfefferkuchenhaus.
Schaut nur mal! An allen Stellen
Schokolinsen, Rahmkamellen,
Kokosberge, Pfeffernüsse
Gummibärchen, Schokoküsse,
Spekulatius und Lakritze
von ganz unten bis zur Spitze.

Und sie knuspern, knusper-knäuschen,
an dem Pfefferkuchenhäuschen,
bis, mit festem Hexenschritt,
vor die Tür die Hexe tritt.
„Alles bio! Kommt doch rein!"
„Bloß nicht!", flüstert Will. „O nein!
Geht nicht rein da! Keinen Schritt!"

Wutschi, leider, kriegt's nicht mit.
Schon ist er im Hexenhaus.
Wie kriegt man ihn da jetzt raus?
Leise, wie die Nachgespenster,
schaun sie durch das Hexenfenster.
Drin sitzt Wutsch, gesund und frisch,
unversehrt am Hexentisch.
Und er liest, beim Wichteohr –
was ist das??? – , Gedichte vor!

„Ja“, sagt Will, „das kann schon sein.
Klementine Klapperbein
schrieb in ihrem großen Werk
Hexe, Fee und Zauberberg,
dass die alten Hexenbesen
furchtbar gern Gedichte lesen.
Und weil ihre Hexenaugen
nicht mehr recht zum Lesen taugen,
fangen sie sich andere Wesen,
und die müssen für sie lesen.“
„Aber nicht mein Wutschi-Kumpel!“,
schreit der Wackel mit Gerumpel.
„Den befrein wir noch heut’ Nacht!
Na, das wär’ ja wohl gelacht!“

Als die Nacht kommt, still und dunkel,
nur ein bisschen Sterngefunkel,
schleichen sie sich wie Gespenster
zu dem Hexenhäuschenfenster.
Seht! Die Hexe schnarcht im Bett.
Wutsch steht auf dem Fensterbrett,
zeigt auf Fenster und die Tür.
Alles zugezaubert hier!

Wackel sagt: „Wir holen ihn
da jetzt raus. Durch den Kamin.“
Alle Wichte stehen starr.
Wunni sagt: „Du Wichtenarr!
Winkel-Wankel-Wichteohr,
wie stellst du dir das denn vor?“
Wackel streicht sich durch das Haar.
„Durch den Schornstein, ist doch klar.
Man muss ihm was runterlassen.
Das kriegt Wutschi – wutsch – zu fassen

und so klettert er dann raus
aus dem doofen Hexenhaus."

„Wackel", sagt der Chefwicht, „schau,
dazu braucht man doch ein Tau
oder einen Strick, ein Seil,
niemand hat von uns so 'n Teil.
Nichts und nichts in dieser Art!"
Da ruft Winz: „Mann, Will, dein Bart!"

„Was? Es ist doch nicht zu fassen!
Den soll ich da runterlassen?!
Grad hab' ich ihn shampooniert,
luftgetrocknet, frisch frisiert,
weiß und lockig, nicht ein Fleck!
Der soll jetzt in Ruß und Dreck?
Den macht mir kein Wichtezauber
jemals wieder richtig sauber!"
Seufzend schüttelt er den Kopf,
dreht den Bart zu einem Zopf,
und dann lässt er ihn, rapp-zapp,
doch in den Kamin herab.

Wackel gibt dem Wutsch ein Zeichen
Himmel! Wird der Bart auch reichen?
Ja! Und Wutsch, mit viel Geschnauf,
klettert an dem Bart hinauf.
Autsch! Der Will, der stöhnt und fiept,
denn das zuppelt und das ziept.
Uff! Geschafft! Der Wutsch ist raus!
Und jetzt – weg vom Hexenhaus!

Denn schon morgen kommt ein neuer
Tag – und neue Abenteuer.

Im Pfefferkuchenland

Nach der Nacht in Laub und Moos
gehn sie morgens wieder los.

Heute geht's, das ist bekannt,
durch das Pfefferkuchenland.
Toll! Dort leben ja, bis heute,
nur die Pfefferkuchenleute.
Und die einzige Gefahr
ist, wie noch in jedem Jahr,
dass sich jemand überfrisst,
weil das Land so lecker ist.

Hier der Limonadensee,
dort der Puderzuckerschnee,
da die Riesenlolliwälder
und die Zuckerstangenfelder,
Wasserfall aus Karamell,
Kuchenbäume, dunkel-hell.

„Hexen gibt's zum Glück hier nicht",
sagt der Wutsch, der Wuselwicht.
„Obwohl, die vom Hexenhaus
war ganz nett." „Du Wichtegraus!"
Wackel packt ihn bei den Ohren.
„Ist dir das Gehirn erfroren?
Mit dir ist es echt 'ne Qual!
Merk dir das: Beim nächsten Mal
hauen wir dich nicht mehr raus."
„Und mein Bart! Wie sieht der aus!

Schwarz wie Ruß!", ruft Chefwicht Will.
„Pflück dir Kuchen, und sei still!"

Aber dann, was kann das sein?
Wer kommt da durchs Keksgestein?
Es sind Pfefferkuchenleute.
Zwanzig! Eine ganze Meute!
„Bloß schnell weg! Er liest schon wieder
seine blöden Dichterlieder.
Davon kriegt man echt 'nen Knacks!
Hat noch jemand Ohropax?"

Komisch! Etwas weiter dann
sitzt ein Pfefferkuchenmann
dort am Schokoladenfluss
und weint weißen Zuckerguss.
„Seid gegrüßt, ihr guten Wichte!
Ich sitz' hier und schreib' Gedichte,
bin der Dichter Theodor.
Gerne les' ich sie auch vor.
Doch die Pfefferkuchenleute,
so war's früher, so ist's heute
interessieren sich, ihr Wichte,
überhaupt nicht für Gedichte!
Sagen zu mir Quasselquax.
Ach, ich armer Dichtermax!"

Hey, da fällt dir doch was ein,
oder? Da sitzt doch allein
diese Hexe ganz betrübt,
die Gedichte schätzt und liebt!

Das wär' was für Theodor!
Schnell, sag es dem Winz ins Ohr!
Ja! Es klappt! Er hört dir zu!
Schau, er nickt sogar! Juchuu!

Das wär' was für Theodor!

Horch! Er sagt: „Beim Mäusebein!
Komisch, grad fällt mir was ein."
Schnell erzählt er die Geschichte.
„Was? Die Hexe mag Gedichte?"
Theodor, der glaubt es kaum.
„Das ist ja mein Lebenstraum!
Und es gibt, genau wie hier,
Leckereien vor der Tür?
Wird sie mich denn auch nicht fressen?"
„Nie!", sagt Winz. „Kannst du vergessen!

Nein, du liest ihr doch was vor!"
„Ich geh hin!", ruft Theodor.
Aber vorher schenkt er ihnen
von den guten Honigbienen
viele bunte Christbaumkerzen,
siebzig Honigkuchenherzen,
Kringel, ganz aus Zuckerschaum,
alles für den Weihnachtsbaum.
Und dann geht er voller Glück
auf dem Zuckerweg zurück
immer Richtung Hexenhaus.
Und sie gehen geradeaus.
Alle schwer und süß bepackt,
Schritt für Schritt im Wichtetakt.

Denn schon morgen kommt ein neuer
Tag – und neue Abenteuer.

Der Tannenbaum

Nach der Nacht in Laub und Moos
stapfen sie am Morgen los.

Im Gepäck die Weihnachtskerzen
und die Pfefferkuchenherzen.
Wackel will schon welche essen,
aber Will sagt: „Nicht vergessen –
nicht vor Weihnacht' davon schleckern!"
„Menno!", hört man Wackel meckern.
Grummelnd kaut er ein paar Möhren,
als sie etwas tropfen hören.

Horcht, es kommt aus dieser Richtung!
Komisch! Auf der kleinen Lichtung,
steht, so krumm, man glaubt es kaum,
ganz allein ein Tannenbaum.
Und der schluchzt und schnieft und greint,
dass es tropft, weil er so weint.

„Hey", sagt Wutsch, „was is'n los?
Warum heulst du Baum denn bloß?"

„Na, guckt doch mal richtig hin!
Sehr ihr nicht, wie krumm ich bin?
Krumm zu sein, und schief und hässlich,
das ist für uns Tannen grässlich!
Nur wer gerade ist und schön,
darf im Weihnachtzimmer stehn.
Dabei wäre das mein Traum!
Irgendwann ein Weihnachtsbaum!

Aber das, das ist ja klar,
das wird einfach niemals wahr!“

Grummel! Grummel! Alle Wichte
hören traurig die Geschichte.
„Kopf hoch!“, sagen sie. „Hab Mut!“
Und: „Bestimmt wird alles gut!“

Aber als sie weiterziehn,
denken alle noch an ihn.
„Boah“, sagt Winz, „das ist gemein!
Der darf nie ein Christbaum sein.
Bloß, weil er ein bisschen krumm ist!
Na, wenn das nicht blöd und dumm ist!
Blöd und dumm und nicht zum Lachen!
Kann man da nicht doch was machen?“

Und sie denken und sinnieren,
grübeln, streiten, diskutieren.
Dann schreit Winz: „Juchhu, Juchhe!
Freunde, ich hab die Idee!“
Und sie flüstern, und sie planen,
wenn auch Will sagt: „Lasst euch mahnen!
Haben wir denn dafür Zeit?
Schließlich müssen wir noch weit!“

Doch sie gehn das ganze Stück
zu dem Tannenbaum zurück,
der erstaunt zusammenzuckt.
Augen zu! Und nicht geguckt!

Und dann kramen alle, zack,
aus dem schweren Weihnachtssack

Kerzenhalter, Christbaumkerzen,
Sterne, Pfefferkuchenherzen.
Das kommt alles an den Baum,
leise, sanft, er merkt es kaum.
Und dann heißt es: „Augen auf!"
Alle freuen sich schon drauf.

Will hält seinen Spiegel hin.
„Guck mal, das bist du da drin!"
„Das bin ich? Oh ja! Ich bin's!"
„Klar", strahlt Valentino Winz.
„Schau, ob grad, ob krumm – nicht wichtig!
Wie du bist, so bist du richtig!"

Tannenbäumchen kann's kaum glauben,
muss vor Freude noch mal schnauben.
Und strahlt heller, sieh doch mal,
heller als ein Sternenstrahl.
Heller als ein Weihnachtstraum,
jetzt ist er ein Weihnachtsbaum!

Und die Wichte strahlen auch,
ganz viel Wichtelglück im Bauch.
Singen bis zum Himmelsraum
schallend laut „O Tannenbaum".
Und im Schein der Weihnachtskerzen
essen sie dann doch die Herzen.

„Denn", sagt Wackel, „hey, juchhu,
das gehört ja jetzt dazu!"
Schließlich macht der Sängerwicht
noch ein Weihnachtsschlafgedicht.
Und im gelben Kerzenschein
schlafen alle glücklich ein.

Aber morgen kommt eine neuer
Tag – und neue Abenteuer.

Bei den Trollen

Nach der Nacht in Laub und Moos
gehn sie morgens wieder los.

„So, wir haben fast die Hälfte!“,
sagt der Will. „Heut ist der elfte.
„Und wir müssen, wie ich meine
Heut’ noch durch die Schlucht der Steine!
Das geht ja nur ein Mal jährlich
und ist leider sehr gefährlich:
Steine gibt es, die da fallen
und euch auf die Köpfe knallen,
und vor denen nur die Mützen
aus der Zauberwolle schützen.“

„Was?“, ruft Wackel mit Gestöhn,
„Und? Wo gibt’s die, bitte schön?“

„Solche Mützen stricken Trolle
aus der rosa Zauberwolle.
Und das Trolldorf ist noch weit,
also macht euch startbereit.“

Vorwärts über Stock und Stein!
Da, das Dorf im Abendschein!
Schaut! Auf allen Troll-Balkonen
sieht man rosa Schafe wohnen.
Klar, von denen kommt die Wolle.
Vor den Häusern sitzen Trolle,
die an rosa Mützen stricken
und die ziemlich grämlich blicken.

„Was? Ihr wollt die Mützen hier?
Und? Was gebt ihr uns dafür?“
Und sie schauen, was sie haben,
und aus ihren Taschen graben:
Wunni etwas gegen Schmerzen,
Wutsch zwei Pfefferkuchenherzen,
Waldemar ein Wetterlicht,
Wutz sein neuestes Gedicht,
Wackel nichts, nur einen Fluch,
Will ein dickes, schlaues Buch.

„Nö! Haut ab! Lasst uns in Ruh!“
Rumms! Die Türen fallen zu.

Hm. Es ist doch Martinstag!
Gehst du manchmal singen, sag?
Wie man das zur Martinsnacht
ja in vielen Städten macht?
Vor den Türen, immer wieder,
singen Kinder Martinslieder
und bekommen von den Leuten
dann Sankt-Martins-Süßigkeiten.
Hey! Es könnte doch gelingen,
wenn die Wichte auch was singen!
Schnell, sag's Winz! Und ja, juchhee!
Er ruft: „Ich hab die Idee!“

Und so zünden alle dann
ihre Wicht-Laternen an.
Wutz, der dichtet schnell ein Lied,
dass ganz sanft durchs Trolldorf zieht:
„Liebe süße Bergwaldtrolle
mit der rosa Zauberwolle,

bitte gebt uns sieben Mützen,
die uns vor den Steinen schützen.
Macht doch bitte kein Gegrantel,
denkt doch an den roten Mantel,
den Sankt Martin unverweilt
damals mit dem Bettler teilt!"

Und sie summen und sie singen,
ihre Wichtestimmen klingen,
und es leuchten die Laternen
wie mit hellen goldnen Sternen.

Langsam kommt aus jedem Haus
Troll um Troll um Troll heraus.
„So was Schönes, nein, wir schwören,
konnten wir noch niemals hören.
Äh – und so 'n Laternenlicht
sahen wir noch niemals nicht.
Haben wir noch nie gesehen.
Gar nicht schlecht. Ähhh – ziemlich schön!
Also gut, dann nehmt die Mützen!
Hier! Sie sollen euch beschützen!"

Und im letzten Abendlicht
gehen alle, Wicht für Wicht,
eilig durch die Schlucht der Steine.
Und sie kriegen große, kleine,
runde Steine auf die Mützen,
die sie aber prima schützen.
Schnell sind sie hindurchgehetzt,
und nicht einer ist verletzt.

Doch schon morgen kommt ein neuer
Tag – und neue Abenteuer.

Das Mäuschaus

Nach der Nacht in Laub und Moos
stapfen sie am Morgen los.

Wutsch, der jammert, dass es hallt:
„Meine Füße sind so kalt!"

„Jetzt hör auf mit dem Gequackel!
Zeig mal her, du!", brummelt Wackel.
„Klar tun dir die Füße weh!
Du gehst barfuß durch den Schnee!
Ohne Stiefel! Nicht zu fassen!"

„Uuups? Die hab ich liegen lassen.
Vorhin hatte ich sie noch …"

„Wo denn? Wann denn? Sag es doch!
Was? Bei unserer letzten Rast?
Nichts hat man mit dir als Last!
Mann! Das ganze lange Stück
müssen alle jetzt zurück!
Und nur wegen deiner Stiefel!
Los, ich trage dich, du Kniefel!"

Mit Geschimpfe und Gefluche
geht es auf die Stiefelsuche.
Doch am Rastplatz, so ein Dreck:
Keine Stiefel. Die sind weg.

„Eine komische Geschichte!",
sagt der Will. „Schwärmt aus, ihr Wichte!

Denn der weise Ratibor
lehrt: Wenn man etwas verlor,
oder sonst etwas vermisst,
muss man forschen, wo es ist.
Auch der weise Vertigo …“
„Jaaa, das wissen wir auch so!“

Und sie kriechen auf dem Bauch
brummelnd hinter jeden Strauch.
Kreuz und quer, in jede Ecke,
hinter jede Haselhecke.
Durch den Busch, durchs Unterholz –
dann ruft Valentino stolz:
„Kommt! Ich habe sie entdeckt!
Hier! Ganz unterm Schnee versteckt!“

Doch als sie sie nehmen wollen,
hört man's aus den Stiefeln grollen:
„Was macht ihr an unserem Haus?“
Und heraus schaut eine Maus.

„Euer Haus? Ihr Maus-Gehutsch!
Diese Stiefel sind von Wutsch!“

„Nein. Dies ist ein Mäusehaus.
Und hier gehn wir nicht mehr raus.
Ich, die Haselmaus Ottilie,
wohne hier mit der Familie
seit, bei meinen Schnurrbarthaaren,
seit – äh – fast genau elf Jahren.
Haut jetzt ab hier und geht weg,
denn sonst schmeiß ich euch mit Speck!“

Ganz verdattert stehn die Wichte.
„Was ist das für 'ne Geschichte?"
Einzig Wutz, der Sängerwicht,
ruft: „Das wird jetzt ein Gedicht!"
Und er dichtet und er singt,
dass es laut im Walde klingt.
Aus den Stiefeln, ganz gemütlich,
hört man's bald schon schnarchen, friedlich.

Und sie schütten Maus um Maus
sorgsam aus den Stiefeln raus.
Schließlich sind sie alle da:
ruhig schlafend die Mama
und, in tiefem Schlaf nicht minder,
mit ihr dreizehn Mäusekinder.

„Mann“, staunt Wackel, „die Ottilie
hat ja eine Großfamilie!“
Wutsch zieht sich, so schnell er kann,
seine Stiefel wieder an.

Doch der Wunni Winkelwank
sagt: „Die Kleinen werden krank,
wenn sie so im Kalten sitzen.
Wartet, wo sind meine Mützen?“
Denn er hat, wo er auch sei,
warme Mützen mit dabei.
„Und die eine, möcht' ich denken“
murmelt er, „könnt' ich verschenken.
Superwarmer Wichtelflaus –
das ideale Mäusehaus.“

Schnell legt er die Mütze hin,
und mit frohem Wichtelsinn
geht es durch den Winter dann
endlich wieder frisch voran.

Aber morgen kommt ein neuer
Tag – und neue Abenteuer.

Die Elfen im Wald

Nach der Nacht in Laub und Moos
ziehen sie am Morgen los.

Denn sie müssen endlich mal
schließlich ja ins Tausendtal.
Aber dahin kommt man leider,
schreibt nicht nur Professor Schneider,
sondern auch Arndt Albatros,
nur durch das Gespensterschloss.
Keiner aber hat verkündet,
wo sich das genau befindet.

Und so gehn die Wichte halt
einfach los. Quer durch den Wald.
Graue Nebelschwaden wallen,
eisig kalte Flocken fallen.

Doch auf einmal tönt Gesang,
Kichern, Lachen, Lautenklang.
Mitten hier im Winterwald
ist es plötzlich nicht mehr kalt.
Weht es lau wie Frühlingsluft,
riecht man süßen Blumenduft.
Sehn sie zwischen grünen Pflanzen
auf der Lichtung Elfen tanzen.

Dick und dünn und lang und kurz,
Wunni sagt: „Beim Wichtewurz!

Bin ich jetzt total vernagelt?
Ist mir das Gehirn verhagelt?
Bin ich krank vom Winterhauch?
Lauter Elfen! Seht ihr's auch?"
„Ja!", ruft Will. „Das widerspricht
jedem Wissenschaftsbericht!

Doch es ist bekannt, dass Elfen
allen Wesen gerne helfen.
Und sie kennen jeden Weg,
jeden Pfad und jeden Steg.
Dieses lehrt die Elfendichtung."
Also gehn sie auf die Lichtung,
sagen „Guten Tag" im Chor,
stellen sich den Elfen vor.
Will, der küsst sogar galant
jeder Elfe noch die Hand.

Wunni sagt: „Hör auf zu küssen!
Ich muss jetzt mal eines wissen,
denn sonst komm ich nie dahinter:
Warum tanzt ihr hier im Winter?
Werdet ihr hier nicht erfrieren?
Grad jetzt, mit den Grippeviren?“

Doch die Elfe Ildiko
lacht: „Bei Elfen ist das so:
Sommer wird's, wo Elfen sind.
Das weiß jedes Elfenkind.

Aber, können wir denn nun
etwas für euch Wichte tun?“

„Ja, wir müssen“, sagt der Boss,
„eilig zum Gespensterschloss,
und wir wissen, Wichtemist,
leider nicht genau, wo's ist.“

„Hm. Ach ja. Sieh da. Soso“,
sagt die Elfe Ildiko.
„Hier, die Elfe Ann-Kathrein
kommt aus Idar-Oberstein,
doch sie kennt sich gut hier aus.
Ann-Kathrein tanzt euch voraus

bis zum Rand vom Elfenreich,
da ist dann der Feenteich.
Und dort, durch die Sturmwindhöhn,
könnt ihr morgen weitergehn.“

Alle sagen Danke schön
und auf frohes Wiedersehn!
Elfe Ann-Kathrein tanzt dann
bis zum Feenteich voran.
Wo sie hintritt, schmilzt der Schnee,
blühen Blumen, wächst der Klee,
und in ihren Wintermützen
kommen sie ganz schön ins Schwitzen.
Aber schließlich sind sie da.
Dort, der Feenteich – hurra!
Ann-Kathrein zeigt noch die Richtung
zu den Höhn und tanzt zur Lichtung.
Schritt für Schritt das ganze Stück
leicht wie Sommerwind zurück.

„Wahnsinn!“, sagt der Sängerwicht.
„Daraus mach ich ein Gedicht!“
Aber dann, im Mondenschein,
schlafen alle erst mal ein.

Denn schon morgen kommt ein neuer
Tag – und neue Abenteuer.

Die Schlossgespenster

Nach der Nacht in Laub und Moos
ziehen sie am Morgen los.

Mit Geschimpfe und Gestöhn
geht es durch die Sturmwindhöhn.

Mann, wie hoch liegt dieser Schnee!
Wunni tun die Beine weh,
Wackel hat am Fuß drei Blasen,
alle haben rote Nasen,
und die spitzen Wichteohren
sind wie Eis und steif gefroren.

Wutsch ist plötzlich ganz verschwunden,
und sie suchen ihn drei Stunden.
Wutz will ständig eine Pause,
und selbst Will, der will nach Hause.
Doch das kann er ja nicht sagen,
er als Chef. Er darf nicht klagen.
Sondern sagt: „Die längste Reise
führt dann doch auf ihre Weise,
dieses lehrt Professor Kniel,
irgendwann dann doch ans Ziel.“

„Irgendwann, wann ist das, bitte?“
„Äh, vielleicht noch tausend Schritte“,
murmelt Will, obwohl, so ’n Scheiß,
er’s ja selber gar nicht weiß.

Aber schließlich steht der Tross
dann doch vorm Gespensterschloss.
Mist! Die Tür, sehn sie verdrossen,
ist natürlich zugeschlossen.

Und am Eingang steht geschrieben:
Seid willkommen hier, ihr Lieben!
Tretet näher, tretet ein!
Wollt ihr in das Schloss hinein,
klopft nur dreimal an das Fenster,
und das hören wir Gespenster,
und dann öffnet sich die Tür.
Liebe Grüße, Drakomir.

Wackel schlägt sich an die Stirn.
„Die ha'm ja wohl Matsch im Hirn.
Diese blöden Schlossgespenster!
Ganz da oben ist das Fenster!
Solln wir hier mit wehen Haxen
sitzen, bis uns Flügel wachsen?!"

Und sie suchen eine Leiter,
damit kämen sie ja weiter.
Doch sie finden keine, nein.
Müssen selbst die Leiter sein.

Und sie klettern und sie kraxeln
einer auf des andern Achseln.
Und sie schwitzen und sie schwanken,
und sie wackeln und sie wanken –
oben Winz, der kleine Wurm.
Aber als der Wichteturm
mit Geschrei zusammenbricht,
merken sie – nein, so geht's nicht.

Mist, das hat ja nichts gebracht.
Und jetzt wird es auch noch Nacht!
Und sie reiben sich die Beulen,
hörn im Wald die Wölfe heulen.

Und sie sagen: „Nee, für heute
muss mal wirklich Schluss sein, Leute.
Und dann morgen, kann doch sein,
fällt uns ja vielleicht was ein."

Und sie essen, schmelzen Schnee,
brauen heißen Brombeertee.
Doch sie liegen lange, ach,
in den Wichteldecken wach.
Grübeln unter ihren Mützen.

Könntest du sie unterstützen?
Könntest du, wie Regentropfen,
dreimal an das Fenster klopfen?
Denn das ist ja sicherlich,
Pipifax und Klacks für dich.
Willst du? Wirklich? Ach, ein Glück!
Schlafen alle? Augenblick!
Alles klar, jetzt klopf dreimal,
denn das ist ja das Signal.
Morgen früh, das ist zu hoffen,
ist dann wohl die Türe offen.
Hast du? Dreimal! Gut gemacht!
Dann auch dir recht gute Nacht!

Denn schon morgen kommt ein neuer
Tag – und neue Abenteuer.

Dreimal an das Fenster klopfen!

Die Wusel im Schloss

Nach der dunklen Winternacht
sind sie morgens aufgewacht.

„So“, sagt Will, der Wichteboss,
„jetzt – wie kommen wir ins Schloss?“

Aber da ruft Winz: „Juchuu!
Hey, die Tür ist nicht mehr zu!
Wer hat die denn in der Nacht
heimlich für uns aufgemacht?
Prima! Super! Wunderbar! “
Na, du weißt ja, wer das war …

Da hört man den Wackel schrein:
„Nee! Ich will da nicht mit rein!“
„Mich“, sagt Wunni Winkelwank,
„macht schon der Gedanke krank!
Überall hab ich schon, schaut,
G-G-G-G-Gänsehaut!“

Doch was nützt es? Alle sieben
sieht man sich durchs Schlosstor schieben.
Drinnen steht gleich linker Hand
eine Standuhr an der Wand.
Um die Standuhr blinkt es hell,
und die Zeiger drehn sich schnell.
Jetzt stehn sie schon auf halb acht,
und jetzt – zack! – auf Mitternacht.

Und sofort erscheint voll Gier
Drakomir, der Schlossvampir.
Ach du grüner Wichtehut!
Mag er etwa Wichteblut?

Aber Drakomir schreit: „Ihh!
Wichteblut, das trink ich nie!
Wichteblut! Oh nee, wie eklig!
Grässlich! Widerlich! Unsäglich!
Kotz und würg! Igittigitt!
Das verdirbt den Appetit!
Ich bin doch nicht durchgeknallt!
Tschüss! Und schönen Aufenthalt!“

Winkel-Wankel-Wichtehut!
Na, das ging ja noch mal gut!
Doch es ist halt Geisterstunde.
Und genau in der Sekunde
hören sie mit Wichtegruseln
von ganz oben etwas wuseln.
„Treppe hoch jetzt, alle Mann!
Jeder geht, so leis' er kann!“

Oben dann, im Spiegelsaal,
Sehen sie – jetzt guckt doch mal! –
weiße Geisterhemden schimmern,
hören Heulen, Schreien, Wimmern.

„Das“, sagt Will mit Wichtegrusel,
„das, ihr Wichte, das sind Wusel.
Auf den Wuseln liegt ein Fluch,
las ich einst in einem Buch:
Denn sie müssen jede Nacht
spuken, dass es nur so kracht.

Aber, schreibt Professor Miegel,
immer nur vor einem Spiegel.
Und sie gruseln sich ganz wild
vor dem eig'nen Spiegelbild.

„Ey“, ruft Waldemar, „ihr Kälber!
Mann, die Geister seid ihr selber!“
Doch die Wusel wimmern wuselig:
„Gerade! Das ist ja so gruselig!“
Und sie tanzen und sie spuken,
seufzen durch die Fensterluken.
„Und man kann“, sagt Wunni nun,
„leider gar nichts für sie tun.“

Und so gehen sie aus dem Saal.
Da, ein Schild! *Zum Tausendtal.*
Und das Schild, das zeigt genau,
auf den alten Schrank dort, schau!
„Was?“, fragt Wunni Winkelwank.
„In das Tal durch einen Schrank?
Winkel-Wankel-Wichtegraus!
Mann, wer denkt sich so was aus?!
Ich brauch' erst mal Medizin
und ein Feuer im Kamin!“

Und sie finden auf die Schnelle
wirklich eine Feuerstelle.
Ruhen sich von all dem Graus
erst mal wichtemäßig aus.
Trinken kühlen Blaubeersaft,
das gibt frische Wichtekraft.

Denn schon morgen kommt ein neuer
Tag – und neue Abenteuer.

Das Zauberwort

Nach der Pause und dem Trank
stehn sie wieder vor dem Schrank.
„Abgeschlossen! Das war klar!",
murmelt wütend Waldemar.

„Und der Schlüssel", jammert Wutsch,
„ist verbummelt, weg und futsch!
Diesmal kann ich nichts dafür!"
Und sie rütteln an der Tür.
Klopfen, rappeln, drehn den Knauf,
doch die Schranktür geht nicht auf.

Alle, auch der Chefwicht Will,
stehen ratlos, stumm und still.
Selbst der weise Isamu
sagt hier leider gar nichts zu.

Doch der Schrank geht auf, sofort,
kennt man nur das Zauberwort.
Hey, ich könnte es ja wagen,
und ich könnte es dir sagen.
Denn du hältst's, beim Schneckenschleim,
ja auf jeden Fall geheim!
Also, du verrätst es nicht?
Hältst total und eisern dicht?
Ja? Okay? Na, Gott sei Dank!
Also – es heißt Pinkepank.

Jetzt kannst du den Wichten helfen,
mehr noch als die Bergwald-Elfen,

denn die wissen ja ganz viel,
und sie tanzen mit Gefühl.
Aber Pinkepank, juchhu,
das Wort weißt alleine du.
Sag es ihnen: „Durch den Schrank
geht es nur mit Pinkepank!“

Mist, sie haben's nicht gehört,
weil der Lärm der Wusel stört,
die genau im Nebenzimmer
mit entsetzlichem Gewimmer
ihre Wuseltänze wuseln
und sich vor sich selber gruseln.

Durch den Schrank geht es nur mit Pinkepank!

Nur der Winz, der spitzt die Ohren.
Noch ist also nichts verloren.
Drum versuch es jetzt noch mal!
Laut und leise, ganz egal.
Sag's ein paarmal: „Durch den Schrank
geht es nur mit Pinkepank!“
Noch mal! Noch mal! Winz hört zu.
Ja, er hat's gehört, juchhu!

Denn er sagt ganz ruhig und kühl:
„Freunde, ich hab das Gefühl,
irgendwie – durch diesen Schrank
kommt man nur mit Pinkepank!“
Und schon will der Chefwicht sagen,
dass der weise Hartmut Hagen
davon aber nichts geschrieben.
Da – sie staunen alle sieben!

Da – mit Knarren und Geschnauf'
geht der Schrank tatsächlich auf.

Ach, das hast du gut gemacht!
Jetzt, ganz kurz nach Mitternacht
klettern alle, Gott sei Dank,
mit Klabastern in den Schrank.

Wo es, wenn man durch ihn kriecht,
nach uralten Kleidern riecht.
Ganz weit hinten an der Wand
sieht man plötzlich eine Hand.
Und die zeigt in eine Ecke.
Hinter einer alten Decke
öffnet sich mit Kling und Klang
dort ein enger, dunkler Gang.

Na, zum Glück sind sie ja klein,
deshalb passen sie auch rein.
Wackel sagt zwar: „Keinen Schritt,
geh' ich in dies Dunkel mit!
So ein Blödsinn!" Aber dann
fasst er Wutschi ganz fest an.
Und sie tapsen, Wicht für Wicht,
durch den Tunnel bis ans Licht.
Und im Mondlicht – schaut doch mal! –
sehen sie das Tausendtal.

Wow! Allein mit Wichtekraft
hätten sie das nie geschafft.
Nur durch dich und Pinkepank.
Deshalb – einen Tausenddank!
Und jetzt schlafen sie erst mal
dort im wilden Tausendtal.

Aber morgen kommt ein neuer
Tag – und neue Abenteuer.

Im Tausendtal

Nach der Nacht in Laub und Moos
gehn sie morgens wieder los.

Auf dem Pfad im Tausendtal,
den sie ja schon tausendmal
mindestens gegangen sind.
Aber wie der Winterwind
ändert er sich jedes Jahr.
Wie, ist leider niemals klar.

Alle sind heut' voller Frust.
Wutz brummt: „Ich hab' keine Lust!"
„Ja", greint Wunni Winkelwank,
„und ich fühl' mich ziemlich krank!
Jedes Jahr dasselbe, Alter!
Wo der blöde Weihnachtsschalter
wohl in diesem Jahre ist,
weiß man vorher nie, so 'n Mist!"

Wackel muffelt: „Hier, der Wutsch,
der wär auch am liebsten futsch!"
Um den Mund von Winz, da zittert's,
um den Waldemar gewittert's,
Will ruft: „Mann, beim Herkules!
Mit euch hat man nichts als Stress!"
Und, wie ein Gewitterschauer,
sind sie alle einfach sauer,
sauer wie ein saurer Regen.
Doch wer kommt denn da entgegen?

Der lacht sich ja halb kaputt!
Hat Zitronengras im Dutt,
gelbe Kleider an und singt,
dass es laut herüberklingt:
„Auf das saure Saure hust' ich,
mich, mich macht das Saure lustig!
Lang' schon lieg ich auf der Lauer!
Ihr seid beinah richtig sauer!
Ja, mit euch kann man was machen!
Hihihi! Ich kann vor Lachen
und vor Kichern mich nicht halten! –
Helft ihr mir Zitronen falten?“

Hat man so was schon gehört?
Sieben Wichte schaun verstört.

„Oh, bei allen Zitronellen!
Ich vergaß, mich vorzustellen.
Komm wohl ins Vergessensalter.
Zett heiß ich. Zitronenfalter.
Ich bin etwas in der Klemme,
dies Jahr war Zitronenschwemme!
Helft ihr? Man muss flink und klein
und auch möglichst sauer sein.“

Sieben Wichte, wie ein Mann,
sehn ihn voll Verblüffung an.
Schließlich sagt der Sängerwicht:
„Ja, von uns aus! Warum nicht?“

So geht's ohne Trödelei
zur Zitronenfalterei.
Und sie helfen und sie halten
die Zitronen hin zum Falten.

Ihre Finger gelb und gelber,
und bald falten sie auch selber.
Und je länger sie das machen,
desto lauter hört man's lachen,
kichern, gickeln, kreischen, prusten,
manchmal auch vor Lachen husten.
Bis sie schließlich, wie der Wind,
mit dem Falten fertig sind.

Und dann macht man sich's bequem,
und es gibt Zitronencreme,
saure Suppe, Sauerfleisch
und, mit fröhlichem Gekreisch,
saure Drops, Zitronentorte,
sauren Hering jeder Sorte.

„Seht ihr?", sagt der Zett, „Das wusst' ich.
Sauer macht halt jeden lustig."
„Aber", sagt der Waldemar,
„eines ist mir gar nicht klar:
Als wir heut' so sauer waren,
haben wir das nicht erfahren.
Alles war bloß grau und grauer."
„Ihr wart nicht genügend sauer",
sagt der Z. und grinst und lacht.
„Deshalb hat das nichts gebracht.
Richtig sauer, das macht fit.
Hier, nehmt noch Zitronen mit.
Schließlich weiß man nie, o Mann,
wann man die gebrauchen kann."

Stimmt. Denn morgen kommt ein neuer
Tag – und neue Abenteuer.

Andersland

Nach der Nacht in Laub und Moos
gehen sie am Morgen los.

„So“, sagt Will, „heut’ gehn wir mal
hier durch dieses schmale Tal.“

Und so wandern sie voran.
Ein paar Stunden, aber dann
sagt der Winz in ernstem Ton:
„Hier warn wir doch eben schon!“

Komisch. Wieder gehn sie los.
Noch mal, noch mal. Aber bloß
immer kommen sie sofort
wieder an denselben Ort.

„So kommt ihr hier nie durchs Tal!“,
sagt auf einmal eine Zahl.
Ja, tatsächlich! Eine DREI
hüpft nach rückwärts grad vorbei.
„Ihr seid hier im Andersland!
War euch das denn nicht bekannt?
Alles Gerade ist hier krumm,
alles Kluge ist hier dumm,
alle Knaben sind hier Mädchen,
alle Dörfer sind hier Städtchen.
Alle Meier heißen Sanders,
kurz, es ist hier alles anders.

Vorwärts geht es hier kein Stück.
Vorwärts kommt ihr nur zurück."

Will fragt: „Wenn wir recht verstehn,
müssen wir jetzt rückwärts gehn?"
„Ganz genau. So sieht es aus.
Anders kommt ihr nicht hier raus.
Linksrum ist dann rechts herum.
Trotzdem – dreht euch bloß nicht um!
Denn, wie das Gesetz verkündet:
Wer sich umdreht, der verschwindet.
Und man ruft ihn, wer's auch sei,
nur mit einem Trick herbei.
Aber den darf ich nicht sagen.
Da müsst ihr mich gar nicht fragen.
Also, Wichte, dann – viel Glück!
Hin zum Tor! Es geht zurück!"

Und sie gehen und sie stolpern
und sie stehen und sie holpern.
Rückwärts gehn die lange Strecke,
rückwärts gehn um jede Ecke,
rückwärts über Stock und Stein
und dann – Waldemar, o nein!
Waldemar, der dreht sich um
und ist weg. Wie blöd! Wie dumm!

Und sie rufen laut und leise,
rufen ihn auf jede Weise:
Wackel ruft wie Walgesang,
Wutz probiert's mit Lautenklang.
Wunni wirft gelegentlich
Schmerztabletten hinter sich.
Will, mit rotem Wichtelohr,
denkt an Meister Ratibor.
Und auch Winz, so schlau und klein,
dem fällt diesmal gar nichts ein.

Ruf mal
Waldemar!
Hey, Waldemar!

Könntest du eventuell,
auch mal rufen? Ruf mal schnell!
Aus dem Menschenland, vielleicht,
dass ihn dieser Ruf erreicht!
Waldemar! Hey, Waldemar!
Nee, das nützt nix, das war klar.
Aber sag, in diesem Land,
das ist uns ja jetzt bekannt,
läuft ja alles andersrum.
Das, was gerade ist, ist krumm …

Wenn wir, wie wär' das gewesen,
seinen Namen rückwärts lesen?

W-A-L-D-E-M-A-R, wird – denk mal mit! –
R-A-M-E-D-L-A-W so Schritt für Schritt.
RAMEDLAW. Klingt ganz verkehrt,
aber einen Test ist's wert.
Ruf mal RAMEDLAW ganz laut!
„RAMEDLAW!!!" Da ist er, schaut!

Unser lieber Waldemar!
Heil und fit, so wie er war!
„Du warst weg, Mann! So ein Schreck!"
„Wie? Was? Eben?? Ich war weg???"

Will sagt: „Alles sehr verdächtig!
Dieses Land, das ist nicht prächtig.
Bloß schnell raus hier, und darum
dreht sich keiner jetzt mehr um!"
Rückwärts gehn sie Tritt um Tritt,
rufen laut bei jedem Schritt:
„Keiner dreht sich um!" im Chor
und sind bald am Ausgangstor.

Uff! Das hätten sie geschafft!
Ohne dich und deine Kraft
hätten sie den Waldemar
nie gefunden, das ist klar!

Doch schon morgen kommt ein neuer
Tag – und neue Abenteuer.

Der Zauberspruch

Nach der Nacht in Laub und Moos
gehn sie morgens wieder los.

Noch zwei Stunden durch den Schnee
und dann übern Tausendsee.
Mit dem Tausendboot. Na klar,
wie das ja schon immer war.
Man ruft einfach laut Ahoi,
und schon kommt das Boot herbei.

Aber, ach, o Wuselwicht!
Dies Jahr klappt es einfach nicht!
Denn das Boot liegt, welche Pleite,
auf der andern Seenseite.

Doch es fährt und fährt nicht los.
Wunni stöhnt: „Was ist das bloß?"
Wieder hört man ihr Geschrei.
„Tausendboot! Ahoi, Ahoi!"
Doch so oft sie's auch versuchen
und sosehr sie dabei fluchen,
o du wilder Weihnachtswicht!
Nein, das Boot kommt einfach nicht.

„Mist", ruft Wackel mit Gewimmer,
„und sonst klappte das doch immer!
Immer richtig war Ahoi!
Irgendetwas ist hier neu.
Gibt's, bei Mast und Schotenbruch,
etwa einen Zauberspruch?"

Ja, der Wackel riecht den Braten.
Dir kann ich es ja verraten.
Der geheime Zauberspruch,
der geht so: „Beim Wolkenbruch,
Ungewitter, Milchkaffee –
Boot, komm übern Tausendsee!“

Willst du den mal ausprobieren?
Kann ja gar nicht viel passieren.
Schlimmstenfalls, wenn man ihn spricht,
kommt das Boot halt einfach nicht.
Also, sag den Zauberspruch!
Weißt du noch? „Beim Wolkenbruch,
Ungewitter, Milchkaffee –
Boot, komm übern Tausendsee!“
Hey, das hast du toll geregelt!
Schau, da kommt es angesegelt!

Sag den Zauberspruch:

Beim Wolkenbruch,
Ungewitter, Milchkaffee -
Boot, komm übern Tausendsee!

Sieben Wichte gehn an Bord,
und das Boot, das trägt sie fort.
„Endlich!“, rufen sie. „Juchhe!“
Aber mitten auf dem See
bläst der Seewind mit Geschnauf,
und dann hört er einfach auf.
O du große Wichtenot!
Dies ist doch ein Segelboot!
Und das kann, nach allen Regeln,
ohne Wind kein Stückchen segeln!
Und so sitzen sie im Boot,
es wird Zeit fürs Abendbrot.
Chefwicht Will rauft sich die Haare:
„Manchmal dauert so was Jahre!
Wenn wir hier noch lange lungern,
müssen wir hier glatt verhungern!

Hätten wir doch endlich Wind,
dass die Fahrt dann neu beginnt!
Wer weiß was von Wetterkunde?“
„Trutschi!“, ruft der Winz. „Trutschgunde!
Die weiß so was sicherlich.“
„Trutschi, hilf! Wir brauchen dich!“

Und sofort rauscht’s in der Luft,
man riecht Hexenkräuterduft.
Und auf ihrer zahmen Echse
fegt heran – die Wetterhexe.
„Ah, ich seh’ schon, ihr braucht Wind.
Na, den hex’ ich euch geschwind.
Denn mein liebes Balsaminchen
ist dank eurer Vitaminchen
wieder fit und kugelrund
und total und ganz gesund.“

Hui! Wie jetzt der Fahrtwind braust!
Wie das Segel pfeift und saust!
Und bald sind sie, hey, hurra,
schon am Ufer und sind da.
Essen noch im Abendrot
mit der Hexe Abendbrot,
und dann schlafen alle sieben
friedlich ein, am Ufer drüben.

Doch schon morgen kommt ein neuer
Tag – und neue Abenteuer!

Der Weihnachtsschalter

Nach der Nacht in Laub und Moos
gehn sie morgens eilig los.

Alle sind total nervös.
Wackel ist schon richtig bös'.
„Ich hab' keinen Bock mehr, Alter,
auf den blöden Weihnachtsschalter!
Wenn wir den nicht bald mal finden
hier in diesen Tausendgründen,
dann, verflixt und zugenäht,
dann ist's sowieso zu spät!“

„Dann“, stöhnt Wutz, „o Wichtegraus,
dann fällt dies Jahr Weihnacht aus!“

Aber wo der Schalter ist,
weiß man nie genau, so 'n Mist.
„Hm“, sagt Wunni, „letztes Jahr,
mein' ich, dass es dort lang war.“
„Das heißt“, sagt der Sängerwicht,
„da ist's dies Jahr schon mal nicht.“

Chefwicht Will zuckt mit den Achseln.
„Einfach immer vorwärtskraxeln!“
Ach, der Weg so steinig-steil!
Da – an einem Fels ein Pfeil!
Weihnachtsschalter steht da drauf.
Jubelnd rennen sie bergauf.

Und sie boxen sich vor Glück,
das ist ja das letzte Stück!
Und sie singen, und sie hasten
steil bergan zum Schalterkasten.
Und dann sind sie, hey, hurra,
wirklich alle sieben da.

„Wichte! Ende der Mission!“,
sagt der Will in stolzem Ton.
„Uns bleibt jetzt nur noch, wie schön,
zack, den Schalter kurz zu drehn.
Und so kann es dann auf Erden
dies Jahr wieder Weihnacht werden.“
Mit erleichtertem Geschnauf
klappen sie den Kasten auf.

Aber dann – o nein, o nein!
Nein, das kann doch gar nicht sein!
Da, wo sonst der Schalter saß,
hinter dickem Panzerglas,
da gähnt jetzt im Kasten noch
nur ein flaches schwarzes Loch.

„Wichte!“, schreit der Wutz, „mir graut!
Seht! Der Schalter! Weg! Geklaut!
Einfach so gemopst! Wie krass!
Und warum? Wer macht so was?“

„Was macht ihr für ein Geschrei?“
Huch, wer kommt denn da vorbei?
Können das zwei Toaster sein?
Ja, sie gehn da, Bein für Bein.
Denn ganz nah liegt, wie bekannt,
schließlich das Maschinenland.

Und als alle von den Wichten
ihnen aufgeregt berichten,
dass der Weihnachtsschalter weg ist,
und warum das so ein Schreck ist,
sagt der eine von den Toastern:
„Feiert man halt zweimal Ostern.
Das ist doch echt nicht so schlimm!
Deshalb macht ihr so ’n Klimbim!

Aber euer Weihnachtsschalter,
ich bin sicher, den hat Walter.“
„Walter? Walter? Wer ist das?
Und warum macht der so was?“

„Walter ist ein Ungeheuer,
wohnt da oben im Gemäuer
ganz allein in Müll und Schutt.
Walters Gasherd war kaputt,
und der Schalter war entzwei.
Walter kauft sich nie was neu.
Niemals würde der das machen.
Walter repariert die Sachen.
Hat mich auch mal repariert.
Das hat prima funktioniert.
Und für seine Bastelei
klaut er sich, was es auch sei.

Deshalb – euren Weihnachtsschalter,
den, das wett' ich, den hat Walter.
Und den gibt er nicht mehr her.
Ach, jetzt nehmt's doch nicht so schwer!
Klaut den Schalter halt zurück!
So, wir müssen gehn! Viel Glück!"

Uff! Ganz dicht am Schalterkasten
müssen sie jetzt erst mal rasten.

Doch schon morgen kommt ein neuer
Tag – und neue Abenteuer.

Beim Ungeheuer Walter

Nach der Nacht in Laub und Moos
gehn sie morgens wieder los.

Alle denken sich mit Grauen:
„Können wir den Schalter klauen?"
Aber plötzlich, nah und fern,
sehn sie Sterne, Stern an Stern.
Und die rufen: „Geht zur Seite!
Macht uns Platz! Wir müssen heute
noch ratzfatz ins Menschenland!
Denn zur Weihnacht, wie bekannt,
haben Menschen ja uns Sterne
nun mal ganz besonders gerne!"

„Wenn ihr wüsstet!", wimmert Wutsch.
„Ach, der Schalter ist ja futsch!
Und da wird's dies Jahr auf Erden
überhaupt nicht Weihnacht werden!"
Schnell erzählen alle Wichte
nun den Sternen die Geschichte.

Und die Sterne rufen: „Was?
Walter hat den Schalter? Krass!
Hat den einfach so gestohlen!
Und ihr wollt den wiederholen?"
„Ich steh' über Walters Haus",
sagt das Sternchen Stanislaus,
„ich kenn' Walter wie mein Licht.
Ich sag: Einfach wird das nicht.

Walter, euer Schalterdieb,
Walter ist ein harter Typ.
Hat vor nichts Angst, nur vor Blitzen,
dann kommt er total ins Schwitzen.
Wird vor Angst so steif wie 'n Brett
und versteckt sich unterm Bett.
Aber sonst ist ihm nun mal
leider alles pupsegal."

„Aber wenn wir ihm erklären,
dass doch alle traurig wären,
denn jetzt kann's nie Weihnacht sein!"

„Darauf lässt der sich nicht ein!
Nein, da könnt ihr mir vertrauen –
ihr müsst ihm den Schalter klauen.
Wenn das jemand kann, dann ihr.
Ganz viel Glück! Wir warten hier."
Lange schleichen sie bergan.
Jeder geht, so leis' er kann.
Und dann schaun sie wie Gespenster
voller Vorsicht durch die Fenster.
Schaut, das Ungeheuer Walter!
Und – der Gasherd mit dem Schalter!

Plötzlich ruft der Winz mit Lachen:
„Jungs, ich weiß jetzt, wie wir's machen!
Waldemar, fang an zu zittern!
Denn dann kannst du ja gewittern!"

Winkel-Wankel-Wichtemütze,
was sind das für tolle Blitze!
Besser noch als Zaubersprüche,
Walter rennt aus seiner Küche.

Und er hechtet, ach, wie nett,
wirklich zitternd unters Bett.
Will gibt ihnen schnell ein Zeichen:
„Alle in die Küche schleichen!
Hach, ich fühl mich wieder jung!"
Seinen Bart wirft er mit Schwung,
wie's die Bärte-Wurfkunst lehrt,
über einen Griff am Herd.

Und der Winz, der klettert rauf,
blitzschnell an dem Bart hinauf.
Alle anderen stehen Schmiere
an der weißen Küchentüre.
Wusch! Der Schalter, der ist ab.
Winz, der klettert schnell hinab,
und der Will zieht schmunzelnd, munter,
wieder seinen Bart herunter.

„Jetzt schnell raus, nur weg von Walter!"
Winz, der schleppt den Weihnachtsschalter.

Glücklich kommen alle dann
abends bei den Sternen an.
Doch sie können nicht probieren,
gleich den Schalter zu montieren.
Heute Abend geht das nicht,
dazu braucht man Tageslicht.
Denn das Sternenlicht ist, ach,
schön und golden, aber schwach.
Und in diesem Sternenschein
schlafen alle erst mal ein.

Denn schon morgen kommt ein neuer
Tag – und neue Abenteuer."

Die Schalterdiebe

Nach der Nacht in Laub und Moos
gehn sie überhaupt nicht los.

Müssen heute gar nicht hasten,
sind ja schon am Schalterkasten.
Waldemar dreht an dem Knauf,
doch der Kasten geht nicht auf.
Und wie er sich auch bemüht,
wie er zerrt und wie er zieht
und sich auch dagegenstemmt –
nix, die Kastenklappe klemmt!

Und auf einmal sagt der Will:
„Was ist das für ein Gebrüll?"
Nein! Es rast aus dem Gemäuer
auf sie zu – das Ungeheuer.

Und es schreit: „Ihr Schalterdiebe,
jetzt gibt's aber richtig Hiebe!
Ronnie, meine zahme Ratte,
hat aus ihrer Hängematte
alles ganz genau gesehn!
Sah euch auch hier runtergehn!
Mann, mein Herd hat funktioniert!
Hab' den so schön repariert!
Und ihr klaut mir einfach, Alter,
meinen schönen neuen Schalter!
Los! Gebt den jetzt her – sofort!
Sonst gibt's hier gleich einen Mord!"

„Schau", sagt Will, „jetzt hör doch, Walter!
Das ist doch der Weihnachtsschalter!
Mann, das musst du doch verstehn!
Jedes Jahr muss man den drehn,
weil es sonst nicht Weihnacht wird!"

„Weihnacht?" Walter ist verwirrt.
„Kenn' ich nicht. Ist mir egal."

„Aber Weihnacht ist genial!"

„Weint man da so in der Nacht?"

„Überhaupt nicht! Nein, man lacht!
Das ist richtig schön und fein!
Man lädt seine Freunde ein,
und man schenkt sich schöne Sachen,
alle freuen sich und lachen,
man macht einen Weihnachtsbraten."

„Ah! Und wie soll der geraten,
wenn am Herd kein Schalter ist?
Das wär' was, was ich gern wüsst'!
Los, genug gequatscht jetzt, Alter!
Her jetzt endlich mit dem Schalter!"

Da sagt Wunni Winkelwank
voller List: „Du bist doch krank!
Du siehst schon ganz blass aus, Walter!
Das passiert in deinem Alter!
Ich kenn' mich mit so was aus.
Schaffst du es denn bis nach Haus?

Du hast Ungeheuerpest,
und die gibt dir bald den Rest.
Fühlst dich jetzt schon krank und schwächlich!"

„Was??? Ja, wo du's sagst – tatsächlich!
Ach, zu Ende ist mein Leben!
Kann's denn keine Rettung geben?"

Wunni sagt: „Bei dieser Pest,
dieses zeigte jeder Test,
hilft nur Arnika-Arznei.
Und die hab' ich grad dabei.

Hier! Nimm täglich die Tabletten,
das kann dich vielleicht noch retten."

„Danke, Winzling!", wimmert Walter.
„Tut mir leid, das mit dem Schalter!
Danke für die Medizin,
koche ich halt im Kamin!
Gas ist sowieso so teuer,
mach' ich mir ein schönes Feuer.
Und zur Weihnacht dann, wie fein,
lade ich die Toaster ein!"

Mit den Pillen sieht man ihn
hochbeglückt von dannen ziehn.

Endlich lässt sich auch der Knauf
drehn, die Klappe, die geht auf.
Das Montieren ist ein Klacks,
Pillepalle, Pipifax.
Und das Schalterdrehn ist leicht,
endlich, endlich ist's erreicht.

Uff, geschafft! Jetzt kann's auf Erden
dies Jahr wieder Weihnacht werden.
Bei den Nachbarn und bei mir
und natürlich auch bei dir.

Und die Wichte schlafen ein,
gut beschützt im Sternenschein.
Doch schon morgen kommt ein neuer
Tag – und neue Abenteuer.

Im Liesenland

Nach der Nacht in Laub und Moos
gehn sie morgens wieder los.

Ach, sie sind ja nicht so gerne
grad zur Weihnacht in der Ferne.
Doch, so denken sie voll Sorgen,
niemals schaffen sie's bis morgen!
Und so stolpern sie voran
durch den wilden, dunklen Tann.

Und dann sehen sie einen Steg
und dahinter einen Weg,
ganz gefliest mit weißen Fliesen,
und ein Schild *Das Land der Liesen.*

„Ich verliere den Verstand!",
stammelt Will. „Das Liesenland!
Man hat's nach 'nem Riesenbrand,
wie man's in den Büchern liest,
beinah' völlig zugefliest,
bis auf ein paar Blumenwiesen,
und auf denen wohnen Liesen,
sitzen unterm Liesenflieder,
singen ihre Liesenlieder.
Flechten sich das Liesenhaar,
schaut, da drüben sind ein paar!"

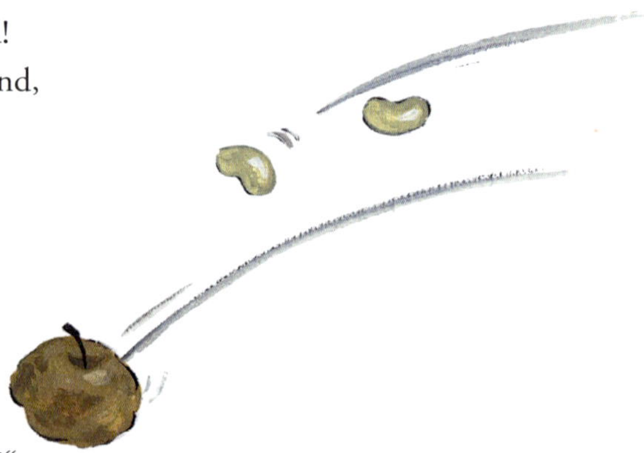

Und sie sagen Guten Tag,
doch dann trifft sie fast der Schlag!
Denn es kommt in hohem Bogen –

zack! – ein Apfel angeflogen.
Der, ganz braun und faul-zermatscht,
an die nächste Liese klatscht.

„Iiih!“ – Die Liese, ganz erschrocken,
puhlt den Apfel aus den Locken.
Und sie sagt: „Das Liesenland
liegt ja dicht beim Fiesenland.
Wo die miesen Fiesen wohnen,
die mit fiesen Riesenbohnen
und mit faulen Äpfeln schmeißen
und die alle Fiesling heißen.

Vorher manchmal auch noch Rainer.
Duckt euch! Apfel! Wieder einer!“
Und an Wunnis Koffer – klatsch! –
klebt der faule Apfelmatsch
und dann noch drei Riesenbohnen.

„Hätten wir doch bloß Zitronen!“,
seufzt die Liese. – „Warum das???“
„Weil“, erklärt sie, „das ist krass –
diese Fiesen, die hier wohnen,
hassen nichts so wie Zitronen.
Einmal ordentlich Zitronen
rüber, wo die Fiesen wohnen,
und die Fiesen sind, rapp-zapp,
stinkend sauer und haun ab.
Ach, so leicht und doch so schwer:
Wo kriegt man Zitronen her?“

Doch die Wichte kichern, lachen,
kramen schnell aus ihren Sachen

gelbe, saftige Zitronen
schmeißen sie, wie aus Kanonen,
– zack! – ins Fiesenland hinein,
und die Fiesen hört man schrein:
„Bäh! Hier regnet's ja Zitronen!
Nää, hier bleiben wir nicht wohnen!
Bäääh, hier hat es keinen Zweck!
Packt die Äpfel! Nichts wie weg!“

Und die Liesen, voll Entzücken.
sieht man Blütenblätter pflücken,
und sie kochen Blütentee,
backen Keks aus Honigklee.

Als die Wichte dann erklären,
dass sie gern zu Hause wären,
grad zur Weihnacht, dass, so 'n Mist,
aber das nicht möglich ist,
da sagt eine von den Liesen:
„Ach, wir kennen doch die Riesen!
Denn es grenzt das Liesenland
nördlich ja ans Riesenland.
Und wir können die gern fragen,
ob sie euch nach Hause tragen.
Das klappt, das wär ja gelacht!“
Und genauso wird's gemacht.
Schaut, ein Riese, in der Hand,
trägt sie bis zum Wichteland.
Und jetzt sind sie fast zu Haus,
ruhen sich vom Tage aus.

Doch schon morgen kommt ein neuer
Tag – und noch ein Abenteuer?

Wichteweihnacht

Nach der Nacht in Laub und Moos
gehen sie am Morgen los.

Weihnachtstag – und bald zu Haus.
Aber dann, o Wichtegraus!
Wer sitzt da allein im Tann?
Das ist ja der Weihnachtsmann!
Weint und schluchzt. Was hat er bloß?
„Weihnachtsmann, was ist denn los?
Wie kommst du denn jetzt hierher?
Und dein Schlitten, wo ist der?“

„Buhuhuuu!“ Der Weihnachtsmann
schnäuzt sich schnaubend und fängt an:
„Es war so: Ich kauf am dritten
zwölften einen Motorschlitten.
Schick. Mit Navi. Nagelneu.
Rot. Ich tauf’ ihn Rudolf zwei.“

„Wie? Und deine Rentiertruppe?“

„Pensioniert! Als Rentnergruppe!
Die sind jetzt im Altersheim,
fressen Heu und Haferschleim.
Hätt’ ich das doch nie gemacht!
Was für eine Schreckensnacht!
Denn, ich packe halt den Schlitten,
wenig Stauraum, unbestritten!
Doch ich kriege alles rein.

Und dann geb' ich Hamburg ein."

„Hamburg??? Das ist doch nicht hier!"

„Nein, na klar, was meint denn ihr?
Stellt euch vor, das Navi streikt!
Alles hat's total vergeigt!
Es quäkt nur noch: Bitte wenden!
Ach, wie furchtbar wird das enden!
Ich verlier' noch den Verstand!
Ich muss doch ins Menschenland!
Sonst kriegt doch kein Kind Geschenke!
Schlecht wird mir, wenn ich dran denke!
Bloß – wie find' ich jetzt hier raus?
Ach, du großer Weihnachtsgraus!"

„Hm", sagt Winz, der kleine Wicht,
„Straßenkarten hast du nicht?"

„Karten sind im Handschuhfach.
Doch das nützt mir gar nichts, ach!
Denn ich kann, ich armes Wesen,
Karten überhaupt nicht lesen.
Denn auf jedem Pfad und Steg
wusste Rudolf ja den Weg.
Aber dieses gute Tier,
buhuhuuu! Das ist nicht hier!“

„Hört, ihr Wichte, seid mal still“,
ruft der Winz. „Der Chefwicht Will,
der kennt sich doch aus mit Karten!
Schnell! Kommt alle mit! Wir starten!“
Hin zum Schlitten, alle acht.
„Quetscht euch rein! Los durch die Nacht!“

Und sie flitzen und sie sausen,
und sie rasen und sie brausen.
Schon sind sie am Waldesrand,
und dort ist das Menschenland.

Schnell! Hier die Adressenliste!
Will, der kontrolliert die Piste.
Und die andern, blitzeschnelle,
sind an jedem Stopp zur Stelle.
Schnappen Päckchen, springen raus,
schleppen sie in jedes Haus.

Werfen Päckchen durch Kamine,
Puppenhaus für Karoline,
Profifußball für den Finn,
Spielebox für Jan und Linn.
Zwei Pakete für Marei,
und auch deine sind dabei.

Weihnachtswunderbar! Und dann
laden sie den Weihnachtsmann
noch zu Keks und Blaubeerwein
und zur Wichteweihnacht ein.

Backen einen delikaten
Weihnachtskuchen, machen Braten,
singend schallend, immer wieder,
ihre Weihnachtswichtelieder.
Reden, lachen, schmausen, schlecken,
lassen sich das Essen schmecken.
Ruhen sich vom Sturmgebraus
in der warmen Höhle aus.
Und erinnern sich am Feuer
heimlich an die Abenteuer.

Aber die erzähln sie dann
nicht einmal dem Weihnachtsmann!

© Oliver Look

Andrea Schomburg ist Lyrikerin, Kabarettistin und Kinderbuchautorin. Seit 2012 lehrt sie Lyrik und Theatertechniken an der Leuphana-Universität Lüneburg. Sie hat zahlreiche Kinderbücher geschrieben, die mit viel Witz, Humor und Spannung begeistern. Andrea Schomburg lebt in Berlin und Hamburg und ist Gründungsmitglied der „Elbautoren Kinder- und Jugendbuch".

© Heribert Hansen

Annette Swoboda studierte Arts Plastiques in Aix-en-Provence, Frankreich und Grafik-Design in Mannheim. Die Veröffentlichung ihrer Abschlussarbeit, eines balinesischen Märchens, war der Einstieg in die Buchillustration. Inzwischen arbeitet sie seit vielen Jahren freischaffend als Kinderbuchillustratorin. Sie lebt mit ihrer Familie auf einem Hof in der friesischen Wehde.